POMPONIO

Javier Lombana

el pescadito

To order additional copies of this book, please contact:
Palibrio
1663 Liberty Drive
Suite 200
Bloomington, IN 47403
Toll Free from the U.S.A 877.407.5847
Toll Free from Mexico 01.800.288.2243
Toll Free from Spain 900.866.949
From other International locations +1.812.671.9757
Fax: 01.812.355.1576
orders@palibrio.com

ISBN: 978-1-5065-4860-9 (sc)
ISBN: 978-1-5065-4861-6 (e)

Library of Congress Control Number: 2022917025

Print information available on the last page

Rev date: 09/19/2022

Pomponio

el pescadito

Javier Lombana

Era el mes de octubre del año 1936, cuando Gabinito con tan solo 11 años caminaba desde su casa ubicada en el centro de su pueblo de nombre Arredondo, rumbo a Asón, pueblo vecino ubicado a 4 kilómetros de su casa.

Gabinito decidió que sería una gran idea ir a la cascada en donde nace el Río Asón. Iba caminando a la orilla de Río Asón subiendo lentamente, cuando cruzando el puente, llegó al pueblito del mismo nombre que el río, más que un pueblo era una pequeña aldea a la cual su madre lo llevaba a comer huevos fritos. Según ella, estos huevos eran los mejores del mundo.

Cuando llegó frente a una de las aldeas, escuchó como Don Eulogio le decía -*Gabinuco tu por aquí, ven pasa que te hago un par de huevos fritos con patatas.-*

-*Gracias Don Eulogio, oiga, mi madre dice que son los mejores huevos del mundo ¿Por qué?.-*

-*Pues porque son huevos de gallina suelta.-*

-*Por eso ponen estos huevos tan grandes*- y le enseñó una canasta con huevos grandes y bonitos que recién había recolectado.

Gabinito se terminó sus huevos con patatas fritas y siguió su recorrido cuesta arriba durante unos 6 kilómetros más.

De pronto se empezó a ver la enorme cascada de 70 metros de altura, cargada de agua.

Se quedó admirando la cascada y recordó cómo su madre le contó el cuento de que la cascada representaba el hermoso pelo plateado de Anjana, una hechicera con muchos poderes, entre los cuales, hacía hablar a los animales con seres humanos.

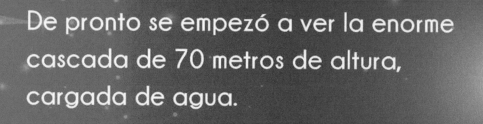

Gabinito, decidió bajar al río para después subir al nacimiento de la cascada y entrar a la cueva del agua.

Estando a la orilla del río y antes de empezar a subir al nacimiento de la cascada, escuchó como una enorme y preciosa trucha le hablaba y le decía *-Hola, ¿Cómo te llamas?.-*

Se acerco con dudas y le contestó *-Yo Gabino, y ¿Tú?.-*

-Yo me llamo Pomponio.-

-Pero si eres un pez y los peces no hablan.-

-Eso habrá que preguntarle a la hechicera Anjana.-

-Ah sí, ya recuerdo, me lo ha contado mi madre.-

Pomponio de pronto le dice -*Te echo una carrerita, a ver quién llega primero hasta la entrada a tu pueblo Arredondo. Yo espero a que estés en la carretera y arrancamos, tú corriendo y yo bajando a toda prisa por el río.*-

-*¡Va!*- le contestó Gabino, nos vemos en Arredondo. Salió corriendo apresuradamente, agarró una velocidad inesperada.

- *¿A dónde vas con tanta prisa Chaval?*- le gritó Eulogio al verlo pasar corriendo frente a su casa.

-*Voy a donde está el río en Arredondo, le tengo que ganar a mi amigo Pomponio que es aquella trucha que va adelante.*-

-*Adiós Chavaluco, venga gánale a esa trucha. Luego me la traes y aquí la cocinamos.*-

-*Pero es mi amiga ¿Cómo cree que la va a cocinar?.*-

De pronto Gabinito, se fue caminando hasta alcanzar a la trucha. Cuando llegó al punto indicado le dijo -Pomponio ¡Me ganaste!, pero también veo que te cansaste-.

-Sí me cansé y mucho, y eso que las aguas que bajan para Riba ayudan mucho.-

-¿Cómo que las aguas que bajan para arriba?.-

-No Gabinito, dije que el Río Asón baja para el pueblo que se llama Riba.-

-Ah ya entendí, es el único río del mundo donde sus aguas bajan para Riba- se rieron mucho.-

Gabinito se despidió de su amigo, fue cuando Pomponio le dijo. -Nos vemos pasado mañana a aquí mismo-.

Se fue muy contento a su casa y al día siguiente entrando a clases les empezó a contar a todos, su aventura con Pomponio. Empezando por los chicos más grandes que se empezaron a reír y burlar de él.

-Ya está Gabinito otra vez loco. Ahora dice que puede hablar con una trucha de nombre Pomponio.-

-Sí que esta loco- le decían unos.-

-Ahora a volar cochinitos- le decían otros.-

Todo eso le decían porque, Gabinito en una ocasión le apostó a su amigo que al igual que las aves, los puerquitos podían volar. Para demostrarlo, tomó tres puerquitos pequeñitos y los echó al aire desde el techo de su casa, con el resultado esperado. Así le fue ese día en cuanto su madre se enteró y de esa manera aprendió que los puerquitos no vuelan.

Seguían las risas y las burlas de todos, Gabinito algo enojado no daba crédito que no le creyeran, fue hasta que por fin llego el profesor y puso un poco de orden -¿Recuerdan a la hechicera Anjana?- preguntó el profesor a todos los alumnos que se estaban burlando de Gabinito.
-Sí- contestaron todos. -Pues tal vez Gabinito fue hechizado y por ende pudo hablar con su amigo Pomponio.-
-¡Es verdad! murmuraron todos.-

¿Será posible que Gabinito realmente haya podido platicar con una enorme trucha? Ahora todos se preguntaban y en lugar de burlarse, tenían sus propias dudas.

-¿Cuándo lo volverás a ver?-

Gabinito solo les contestó, con cara de asombrado -*Quedé de verlo mañana a las 11:00 am.*-

-*Te acompañaremos todos a ver como platicas con Pomponio.*-

Sus compañeros sacaron del salón a Gabinito en hombros al mismo tiempo que todos iban gritando por las calles... "*¡POMPONIO, POMPONIO, POMPONIO!*"

Gabinito se bajó a la orilla del río, donde vio la última vez a Pomponio. De pronto salta una enorme trucha muy amarilla…

-*¡POMPONIO!*- grita Gabinito. -*Pomponio, ¿Ves a todos los chavales que están allá arriba?, pues son mis amigos.*-

La realidad era que, en ese momento sus amiguitos, solo veían como Gabinito hablaba solo, mientras la trucha nadaba cerca de él. -*Todo es mentira*- grito uno, -*Nos has tomado el pelo*-.

-*Que Pomponio ni que ocho cuartos, eres un mentiroso*-

-*Pero….¿Es que no escuchan a Pomponio?*- preguntó Gabinito.

-*Pues claro que no, solo te vemos a ti hablando solo como un loquito.*- Otra vez comenzaron las burlas y todos se reían de Gabinito. Y gritaban al unísono *"ESTÁ LOCO, ESTÁ LOCO, GABINITO ESTÁ LOCO…"*

Pomponio se percató de la burla y le dijo a su amigo -*Les hago una apuesta.*-

-¿Qué apuesta?- preguntó el líder de los amigos.

-*Vamos a donde nace el Río Asón y en la parte baja, nos mojamos con la cascada que es la cabellera de la hechicera Anjana. Al menos que tengan miedo, pues no vayan. Los que si se atrevan, serán hechizados como yo y podrán escuchar y platicar con Pomponio.*-

-Ahora bien, la apuesta es: Si gano yo, todos me conseguirán un boleto para ir al futbol a ver al Racing en Santander el próximo domingo.-

-Y si pierdes ¿Qué nos das tú?- preguntó el líder.-

-Si pierdo los invito a todos a comer huevos en Asón.-

Y riendo nuevamente, decían -¡Qué buena idea, ojalá pierda y a comer huevos con Don Eulogio!.-

Sin más preámbulo, se echaron a caminar cuesta arriba los 10 kilómetros que había desde ese punto hasta el nacimiento del Río Asón.

Pasaron por la casa de Don Eulogio y este asombrado al ver a tanto chaval caminando rumbo a la cascada se dijo a sí mismo *"Este Gabinito es un genio, seguro logrará grandes cosas".*

Por fin llegaron a la cascada que iba repleta de agua, esta bajaba a cántaros formando lo que realmente parecía la cabellera de la hechicera Anjana.

Se quedaron asombrados al ver a la enorme trucha allí a lado, brincando de un lado para el otro. *-¡Pomponio! ¡Los he convencido!-* La gran cascada empapó a todos, de pronto Pomponio les dijo *-¿Ahora si me escuchan y me entienden-*

-¡Sí!- gritaron todos al unísono.

-Pues de ahora en adelante serán todos ustedes mis amiguitos y siempre que quieran platicar conmigo solo tienen que esperarme a la orilla del río, y cuando griten mi nombre yo saldré y platicaremos.-

-¡Qué felicidad, viva Pomponio!- gritaban todos.

-Y también Gabinito- les dijo el pez.

-Sí, que viva Gabinito- bajaron al pueblo y cargaron en hombros a Gabinito, mientras cantaban. *¡Viva Pomponio, viva!...*

Y colorín colorado,
este cuento se ha acabado.

Printed in the United States
by Baker & Taylor Publisher Services